W0318687

SORTIES DE NUIT

DU MÊME AUTEUR

LES JOURS EN COULEURS, Grasset, 1971.

L'HOMME ARC-EN-CIEL, Grasset, 1971.

TRANSIT-EXPRESS, Grasset, 1975.

L'AMOUR DANS L'ÂME, Grasset, 1978.

OCÉANS, Grasset, 1983.

LE VOYAGEUR MAGNIFIQUE, Grasset, 1987. (Prix des Libraires 1988.)

JOURS ORDINAIRES, Grasset, 1988.

LA DÉRIVE DES SENTIMENTS, Grasset, 1991. (Prix Médicis 1991.)

YVES SIMON

SORTIES DE NUIT

BERNARD GRASSET
PARIS

Tous droits de traduction, de reproduction et d'adaptation
réservés pour tous pays.

© *Éditions Grasset & Fasquelle, 1993.*

Écrire, c'est faire un bond hors du rang des meurtriers.

Franz Kafka.

Tzigane de l'univers, de n'importe où, je pense à vous. Le brouillard, le vent, le gel, le regard torturé des enfants africains ne peuvent rien à cela tant votre visage est là, présent, qui recouvre de son voile tout ce qui peut m'émouvoir et me glacer.

Je ne rêve plus de la guerre comme certaines nuits à Lisbonne. A présent, elle est là, avec des mots dans les journaux, des images sur les écrans, elle avance dans des villes et des villages. Des tanks affrontent les regards, des uniformes affrontent les corps de femmes, des mitraillettes abandonnées servent de jouets aux enfants. La guerre tisse sa toile, les habitants du monde se replient, courbent le dos, se recroquevillent pour ne plus rien entendre, écouter seulement leurs battements de cœur et se vérifier encore en vie.

Adolescent, je pénétrais clandestin dans les palaces aux volets clos, seul, et me retrouvais à errer au milieu des tapis enroulés, des tentures et des bars en acajou. Par les persiennes enneigées d'une suite de nabab, je regardais la ville que je détestais et du dernier étage je songeais à me laisser tomber, rester conscient jusqu'au dernier moment et connaître le bruit de mon corps sur une pelouse gelée.

Le ciel à cet instant était mon père et ma mère, et c'est à force d'étoiles que j'inventai un roman.

Après avoir aimé broyer les élytres des scarabées, je me suis mis à regarder du côté des adultes. Obnubilés par les corps et leur moiteur, ils sentaient le genièvre, le havane et je les imaginais drapés de voluptés insaisissables... Moi, ils m'ignoraient. Lorsqu'ils m'apparurent recouverts de trop de boue, leurs étreintes à la nuit tombée m'écœurèrent.

« Pense à tout cela, me dis-je, un jour les robes échancrées des femmes te frôleront et tes larmes rouleront sur les perles et les orients. »

Ta peau brune m'a relié à l'Afrique. Ta peau noire m'a fait pleurer aux esclaves. Ta peau de nuit m'a fait peur et je t'ai perdue dans un monde plus sombre que toi.

Les écrivains ne pleurent pas et ils semblent heureux car il n'y a rien de plus beau que de passer son temps à voler. Voler les sentiments et les mots, voler en silence, entre le froid et le chaud des couches basses de l'atmosphère. Nous écrivons parce que nous avons oublié prières, génuflexions et repentir. Les mots sont alors des flèches envoyées dans les cœurs amarante des images pieuses, pour attirer la compassion divine.

Nous écrivons et ça nous sert de chagrin. A part Dieu, qui écouterait ce qui arrive de si bas, de plus bas que terre, loin des luminaires et des armoires cirées ? Les mots que nous écrivons sentent le salpêtre et l'argile des cimetières.

Nos larmes effrayées sont là, taches d'encre sur des mouchoirs de papier paginés, reliés pour avoir belle apparence. Agents doubles, nous avons nos couvertures. Elles nous protègent et de la transparence et du froid : couvertures à liseré ou coloris pastel pour camoufler le noir et le blanc de l'écrit, les deux couleurs du deuil. En Orient, la mort est blanche. Ici, elle est sombre. Noires et blanches, nos larmes glissent sur le monde — que chacun danse pendant ce temps — *nous écrivons et ça nous sert de chagrin.*

Je passai mon enfance dans une ville d'eau. Plusieurs fois je voulus tuer mon père. Mais la neige revenait chaque hiver me faire oublier qui j'étais.

Le monde est entré en misère, chacun croit à une faiblesse de scénario. Mais le monde est entré en terreur, chacun croit à une astuce hollywoodienne. Mais le monde est entré en mélancolie... Soleils noirs sur peaux blanches, le monde est entré en hiver.

A la télévision : Elle, 26 ans : « Je serai fidèle. » Lui, 28 ans : « Je serai fidèle. » Je les regarde et pense à un film de Walt Disney où, dans une jungle en carton-pâte, des tigres dansent la samba.

à J.M.G. L.C.

Lui, il dit qu'il veut quitter la France, aller loin, dans un désert rouge. Quelque chose comme l'Arizona ou le Nouveau-Mexique. L'Amérique n'est pas son rêve, c'est l'espace et le désert qu'il désire. Parce que là, dans le Sud, au bord de la Méditerranée, il se sent un étranger. Un homme que l'on regarde en disant, il était d'ici et à présent il est d'ailleurs, d'un pays du Nord, parce qu'il est blond, qu'il a des yeux clairs et qui bougent peu. C'est cela, il regarde ce qu'il regarde et ne pense pas à cet instant que quelque chose de mieux puisse l'intéresser.

Il regarde longuement la mer, chaque jour, à des heures différentes. Il regarde le bleu, le brillant, l'étendue, l'horizon. Il regarde la mer chaque jour et son œil est une vague ; c'est ce mouvement qui ne change rien qu'il aime, une mer qui bouge sans bouleverser le monde. Du mouvement pour n'être que bleue, scintiller et lui offrir le plaisir de se perdre en elle.

Souvent, on le voit discuter, des galets à la main, avec un enfant, un garçon que personne ne connaît. Eux, ils se regardent. Ils ont fait connaissance un matin. Lui, il s'était levé tôt et l'enfant avait dormi derrière des rochers, à l'abri du vent de la nuit. Ils se sont pris la main comme si l'un était le père et l'autre l'enfant. L'autre était bien l'enfant mais lui n'était pas le père. Ils sentaient bien que c'est ensemble qu'ils devraient partir vers le désert rouge. Changer ensemble de couleur, quitter le bleu pour le rouge étonnant du désert. L'inconnu dit qu'ils devraient partir parce que l'enfant ne connaît pas le désert. Il a toujours vu la mer, les collines et les rochers et les pins. Ce sont ses couleurs. Alors, l'homme blond lui parle du désert rouge de l'Arizona et l'enfant imagine tellement lorsqu'il ferme les yeux, l'homme raconte si bien les pierres, les brindilles, les traces de pas sur la poussière, que l'enfant propose de rester là et qu'il suffit de s'entendre raconter le désert de l'Arizona, assis face à la Méditerranée, pour ne pas avoir à y aller.

Parfois, l'homme blond se tait et l'enfant sait que ce n'est pas de l'indifférence. Il y a là le bruit de la mer, et c'est une sorte de roman qui entre dans les oreilles. Un murmure avec des mots indistincts comme si l'homme les avait enfouis là et qu'ils surgissent pour s'échapper des vagues. Le trésor de l'homme blond est dans la mer. Les mots qu'il prononce, les mots qu'il écrit sont là et l'enfant se demande s'il y aura autant de mots enfouis dans le désert. L'homme dit que les mots sont partout dans l'univers, que lui sait les attraper aux scarabées, au pollen, au vent, à la pluie, aux branches mortes échouées. L'enfant sourit, rassuré. Il sait depuis leur première rencontre que l'homme blond, son ami, a un pouvoir sur les choses et ce qu'elles renferment.

Il faudra bien sûr apprendre à chevaucher, tendre des fils entre les tours gothiques et les opéras nouveaux, savoir regarder les lumières rouges et bleutées des vitraux de la chrétienté, puis le vide absolu d'une arche immense, ouverte au ciel, et au travers de laquelle Dieu s'éloigne.

Aux instants où je vous écris, je ne vis pas.

Je ne parle à personne, je ne caresse aucun corps de femme, je ne marche pas sur un trottoir, je ne regarde aucune image de film. Le temps de cette écriture qui part vers vous est entre parenthèses. Non pas un temps mort mais un temps pris au temps pour que des mots se forment et qu'un langage véhicule avec lui des instants de silence et regorge de rêves. Il faut que s'embaume mon désir, que les images qui assaillent mon esprit trouvent une forme transmissible, qu'une parcelle de ces instants mystérieux, qui me relient à vous, reste arrachée aux événements du quotidien...

Si je n'effectuais pas ce travail à votre égard, rien ne resterait de cet invisible lien qui nous unit encore et me fait vous voir dans des décors que je ne connais pas et que seule mon imagination invente pour ne pas avoir à vous deviner hors du monde et des vivants...

Vous écrire, c'est envelopper convenablement des paquets de sentiments, mes sentiments, pour les aider à traverser l'espace vers vous et le temps sans vous.

Seiketsu mania (maniaques de propreté)

Les appareils photos des Japonais sont des instruments de chirurgie. Ils leur servent à contempler et emprunter le monde sans jamais avoir à le toucher.

Je ne sais pas pleurer. Le malheur est trop loin, absent. Je compatis et au revoir. Mais il faut compatir encore, le lendemain, le surlendemain, compatir à plein temps aux blessures des autres, moi qui suis parvenu à tout cautériser, à fermer mon corps aux bactéries de la jalousie, aux germes du regret... « Votre deuil durera trois ans », m'avait dit un ami lorsque P. avait disparu. Trois ans se sont écoulés et je suis un robot tout neuf sur lequel les orages se déversent... Un coup d'essuie-glaces et la peau est nette, sans bavure, le cœur bat et les yeux brillent. Je regarde le monde sans désir, sans nostalgie ; il est en face et nous sommes étrangers. La frontière est en moi, invisible, à l'intérieur de mon histoire : un analgésique puissant qui supprime la peur d'avoir mal et même le désir de ne plus avoir mal.

Elle dit : « Une femme qui m'émeut, c'est une femme qui fait du 38... Et tu sais pourquoi j'ai trouvé les choses belles cet après-midi : parce que je les regardais ! »

C'est l'absence de monde qui fait mal. Le monde, lui, on s'en arrange... Même s'il ravine et détruit les visages, il traverse nos vies pour que juste avant de mourir nous sachions prononcer le nom d'une étoile.

C'est un avaleur de rêves.

Il suffit de pleurer devant lui, raconter un amour terminé, lui décrire un visage qui s'éloigne, la douce peau brune d'une femme absente, pour qu'il s'écarte et parte au loin sangloter en vous laissant là apaisé. Lui, resté seul avec votre peur dans son ventre, implore le ciel qui vient de le damner et faire entrer dans sa mémoire le visage qui vous hantait, et qui maintenant le terrorise dans sa jungle nouvelle.

Je dis à Justine qu'il fallait à nouveau partir, que le temps des fuites était revenu.

Elle dit, partir où ?

Je dis que le monde était vaste et que les émigrants sont des gens résistants. La pluie et les gerçures n'ont plus de prise sur eux. Ils sont en état d'affronter ce que les maisons leur refusent, ce qu'un pays leur refuse et lorsqu'ils quittent un lieu, le reste du monde est à eux. Nous emporterons un flacon de parfum et un cahier. Le parfum sera pour moi, pour respirer les romans que je n'écrirai pas. Le cahier sera pour toi. Je dis encore à Justine qu'il ne fallait saluer personne. Un départ est une cérémonie secrète réservée à ceux qui partent, les autres deviennent alors des étrangers. Ils feront tout pour persuader que le monde est là, qu'ailleurs c'est barbarie et compagnie, des serpents, de la sueur et des désirs. Il faudra se taire, tu comprends Justine. J'insistai. Un départ doit être un secret car la différence avec ceux qui restent est trop blessante pour eux. Ils sentent qu'une force qu'ils ignorent vient de nous habiter et ils voudront anéantir cela. Avec du mépris ou des lettres anonymes, ils nous tortureront pour que l'on ne puisse plus imaginer d'autres lieux, d'autres maisons que ceux qu'ils connaissent.

Je dis encore à Justine, ils nous prendront pour des voleurs, ils diront qu'avec ce départ on leur vole nos présences. Certains savent qu'ils vont être obligés de nous imaginer et qu'ils vont en rêver, penser à cela des jours et des nuits, nous, ailleurs, dans la beauté des villes qu'ils ignorent et où ils n'iront jamais. Le temps des fuites est revenu, Justine, et ceux qui resteront vont mourir de n'avoir que leur passé à revivre, sans cesse, ce supplice : la litanie de ce qu'ils connaissent déjà et qui est leur maladie.

D'une rue transversale et venteuse de Montréal, l'oreille collée à un *portable*, je joins Rome au téléphone. Décalage horaire, décalage des décors, décalage des températures... Arpenteur d'une nuit glacée (– 25°), je raconte le gel et ses morsures à une femme qui interprète une reine du désert dans un studio de Cinecittà. Beauté fulgurante de deux éloignements réunis, voix dans le ciel qui traversent le monde et s'abandonnent.

Je t'ai trop laissé deviner. Il aurait fallu répertorier, dire, expliquer, dessiner un monde, étrange, t'y poser toi près de moi, juste à côté d'un cyclone et d'une esclave aux yeux meurtris.

Au conseil des ministres, le Président demanda à chacun de raconter son dernier rêve. Personne ne se souvenait de rien, arguant que le monde était chargé de tant de vitesse et d'inattendu que les rêves étaient devenus superflus. Le Président annonça alors son rêve : il les avait tous vus entassés dans une fosse commune pendant que la nation recueillie chantait le requiem de Fauré.

Lorsqu'ils entrèrent dans la chambre d'hôtel, l'homme sortit de sa valise un paquet-cadeau qu'il tendit à la jeune fille. Papier glacé et ruban, un livre à l'intérieur. Avant qu'elle ne l'ouvrît, il dit : j'aimerais te dire ceci... Un roman, c'est un voyage avec des rencontres et des retards, de l'attente, du tourment, des êtres qui se manquent ou manquent un morceau de leur vie. Alors, ils imaginent ce qu'ils auraient pu ou dû être, ils se voient autrement, ailleurs, exaltés, déchirés de tendresse, d'amour, de haine, torturés par une passion qu'ils espéraient ou redoutaient. C'est le monde d'un autre monde, celui d'un auteur, parvenu à circonscrire ce que chacun rêve ou appréhende parce que son travail d'auteur est de mettre en une forme adéquate de lignes, d'images et de phrases tous les rêves et intimités des autres hommes, contemporains ou à venir, dans lesquels il est parvenu à s'introduire pour faire du roman le lieu où se nouent les renoncements et le désir.

Ils sont seuls dans un lieu qui ne porte pas de nom. Ni frontière, ni rivière, ce paysage de désert est à leur image. Quatre cents bannis, Palestiniens, quatre cents hommes sans patrie sur une bande de terre sans nom.

Chaque enfance se déroule dans un décor de brume que percent à peine les forêts. De la surface des lacs enchâssés, montent des vapeurs qui enveloppent le corps velu des roseaux. L'enfance est une peur qui ne se calme pas. Les ombres et les visages qui la peuplent s'emmêlent comme les corps des reines et des valets sur les cartes à jouer. Même les ciels d'azur y sont gris et s'il y a des jours et des nuits, tout ressemble à une aube avancée aux couleurs jamais atteintes.

A présent, je pense à vous comme lorsque je songeais à Dieu, enfant. Quelque chose de lointain, d'invisible et d'absent, mais avec qui il est possible, à tout instant, d'être en conversation. Vous, je vous écris en poste restante à la Hauptpostfach de Berlin, parce que je sais que c'est pour cette ville que vous êtes partie. Peut-être n'y êtes-vous plus, peut-être n'attendiez-vous rien et n'êtes-vous jamais entrée dans cette poste principale où j'envoie mes lettres. Cela a peu d'importance à l'instant où je pense à vous et me décide à vous écrire. L'histoire d'une liaison invisible entre deux points du monde a quelque chose de religieux, n'est-ce pas ? J'aime cette impossibilité à vous localiser et vous sentir diluée dans l'espace et pouvoir vous parler simplement de moi, de là où je vis.

Cet espace entre vous et moi est immense, aussi lourd et secret qu'aux premiers temps de l'univers, et lorsque j'écris votre nom, je sais que vous êtes devenue une idée, autre chose qu'une femme, une pensée à moi singulière qui se forme dans le ciel, dans l'éther d'une ville, loin des visages et des formes qui la traversent.

« J'ai des nouvelles des étoiles à vous communiquer », me téléphone Michel Cassé, astrophysicien.

Vous avez voulu conquérir le monde, n'est-ce pas ? Sans le pouvoir de l'économie, sans la force ni la guerre, avec seulement votre don d'émouvoir. Ce don, comme vous dites, est curieux. Il consiste à entrer à l'intérieur de soi pour y trouver ce qui vous rend, non pas singulier, mais pareil et égal au plus démuni, à l'inculte, au rustre. L'amoureux déchiré se retrouve en vous parce que vous n'êtes pas vous, mais les autres. Le paradoxe est que ce don d'être semblable à tous en écrivant noir sur blanc les mots qu'ils ne songent pas à prononcer vous singularise terriblement. De l'amour vous revient en retour. Du désir aussi. Vous n'êtes pas spécialement beau et pourtant se cristallise sur votre personne une gamme de sentiments innombrables qui va de la simple considération à des amours inédites, distanciées, sans le contact des corps. Vous vivez avec ce paradoxe. Parfois vous dites, il est exaltant, parfois vous dites, c'est cela le désespoir. Plus se multiplient les miroirs, plus votre raison se dérègle et votre cœur s'exalte. Vous y prenez plaisir et dégoût, tout se mêle et vous vous demandez s'il faudra arrêter ce jeu de la séduction et du lointain ou continuer et enfin découvrir, un instant, juste après le dernier point du mot fin, l'amour inédit, celui que vous ne pouviez imaginer, le vôtre, et que personne ne peut écrire à votre place.

— C'est curieux.

— La vie ?

— De ne pas croire à ce qu'on dit. Ou plutôt de prononcer des mots sans être avec eux dans la gorge ou dans la pensée. Tout à l'heure, vous avez dit : « L'hiver sera long... » Mais vous n'en savez rien, vous n'avez pas fait d'études météorologiques, vous n'êtes pas devin. Personne ne se risquerait officiellement à l'heure des vœux — pas même un Président de République — d'annoncer que l'hiver va être long. Je déteste les phrases qui remplacent le silence et font croire que l'on possède des éléments que les autres n'ont pas, afin de les préoccuper.

Chaque année, le 19 janvier, un inconnu vêtu de sombre, chapeau et manteau noir, pousse la grille du vieux cimetière de Baltimore, s'agenouille un instant devant la tombe d'Edgar Allan Poe et dépose une bouteille de cognac, trois roses, puis repart dans la nuit, chez lui dans le monde.

Une plage du Sud, la Méditerranée. Il fait nuit. La mer est là, juste à côté. Deux jeunes garçons rencontrent un clochard qui marche sur le sable. Ils sont seuls près de la mer, face à cette ombre de vie. Alors, ils cognent, frappent, tabassent, parce qu'ils sont deux, forts et jeunes. L'un a un couteau. Ils se le passent et repassent pour achever l'homme aux vêtements puants, pour partager cette fin décrétée parce qu'ils sont deux, forts et jeunes, et qu'en face il n'y a qu'une ombre fatiguée et qui sent depuis longtemps l'oubli.

Si on leur avait demandé pourquoi ils étaient ensemble, ils auraient répondu par des formules évasives du genre, « on est bien... on se plaît... voilà... » C'est ce qu'ils auraient dit, sans s'avancer plus dans leur intimité ou dans leurs sentiments. Certains jours, ils s'extasiaient de s'attendre, se donner rendez-vous, se supporter, faire l'amour. D'autes fois, ils cherchaient comment fuir le réseau qui les liait, l'appartement, les phrases rituelles, les questions. Sans cesse, leur malaise... C'était une sorte d'état de fait dont ils ne parlaient pas directement. Ils utilisaient toutes sortes de paravents, bouderies, silences, retards, pour montrer que les longueurs d'onde n'étaient pas à l'unisson... Mais tout cela durait peu et s'ils envisageaient de se quitter c'est en se demandant comment inventer cet éloignement pour qu'il serve de nouveau départ, pour inventer quelque chose de mieux à partager... Une histoire enfin où ils se retrouveraient — non pas eux, solitaires dans un appartement, mais dans le monde —, reliés aux choses, aux montagnes, aux vents et aux ouragans. Pliés, lacérés de gel, éclaboussés de pluie, de frimas, avec autour d'eux des paysages inconnus, comme ce rendez-vous annuel du marché aux chameaux de Pushkar dans le Rajasthan. Ils voulurent se donner rendez-vous, là, arriver d'endroits différents, se chercher dans la foule pour se rencontrer enfin, loin d'ici, une nuit de pleine lune, au milieu des soieries, des tentes et du désert.

Il faudra beaucoup croire. En vous. Puis regarder vos mains, ensuite votre visage et vous dire qu'à partir de là, cette figure d'homme ou de femme est unique. Que personne d'autre ne caresse une peau comme vous le faites, que personne d'autre ne fera mal comme vous, atrocement.

Sarajevo, un nom de ville. En Europe. Le lieu d'un meurtre archiducal. Un lieu de jeux Olympiques d'hiver. Un lieu désormais de tireurs anonymes, de la peur et des fontaines meurtries. La ville aux boulangeries tachées de sang.

On est comme les autres, dit-elle, on maquille nos sentiments et on ne pleure jamais. On fait croire que rien ne peut nous atteindre et on crève de cela. J'aurais voulu t'attendre des heures dans un café et penser aussitôt mourir pour ce retard. J'aurais voulu traverser Paris en courant pour te retrouver, entendre mon cœur déchirer ma poitrine pour cette seule idée, voir enfin ta silhouette puis toucher la paume de ta main. Imagine un accordéon qui jouerait une mélodie d'Europe centrale et des hommes qui danseraient autour de braseros. Cette musique raconterait leur histoire remplie de provisoire et nous, on assisterait à cela. On souhaiterait alors entrer dans leur vie, que leur musique soit la nôtre et qu'à l'instant où on l'écoute on se sente attachés à un peuple fragile, menacé, un peuple de frères et de sœurs qui nous ressemblent, tous liés à un identique passé. Lorsque les émotions ne traversent plus les corps, chacun se retrouve pétrifié, devient un bloc à l'intérieur duquel rien ne pénètre ni ne peut sortir, un cul-de-sac sans devenir, fermé aux excès. Tout nous effleure mais se défile aussitôt. C'est un vent qui glisserait sur la peau et ne trouverait refuge sous aucune paupière. C'est à cela que nous sommes parvenus. Même si certains décrètent comme étant un must d'aujourd'hui le fait de n'être affecté par rien, je sais qu'ils jouent, avec eux, avec la mode, avec l'air du temps et que ce jeu de l'indifférence est depuis toujours une maladie, une absence de monde.

Une femme à la peau noire dort près de moi. L'Afrique, un peuple, un continent à portée de cœur et de geste...

Journée ordinaire du 19 janvier 93.

Le nouveau président américain roule en bus vers Washington / BSN et Unilever s'associent dans les glaces et yogourts / on se bat à nouveau dans le Haut-Karabak / le Parlement serbe autoproclamé de Bosnie discute durant neuf heures du plan de paix genevois / les femmes du monde organisent une pétition contre le viol...

A Paris, quatorze associations critiquent le nouveau billet SNCF.

Dunes.

On ne sait pas d'où vient le sable des déserts. On dit qu'il y avait des mers à ces endroits et que les dunes se sont modelées sur place. On dit aussi que les mers étaient ailleurs et que ce sont des vents dominants qui ont transporté le sable sur des milliers de kilomètres. On dit encore que les montagnes sur place se sont laissé éroder par le gel, les ruissellements, les torrents...

On dit.

Moi, je ne sais pas ce qui m'attire vers la nuit, le ciel, la mer, un amour absent, l'Afrique, pourquoi certaines femmes semblent arriver de mon enfance pour me rencontrer, aujourd'hui, emplies de souvenirs effacés. D'anciennes connaissances en somme et que je retrouverais par hasard au gré de l'existence.

Sable : de la silice plus ou moins pure.

Homme : du carbone et de l'eau.

Les dunes comme les histoires des hommes sont aléatoires, se transforment à chaque coup de vent, au froid, à l'inclinaison. Personne ne peut prédire où elles en seront dans une seconde, dans un an, elles sont des vagues dont le creux est sans cesse remplacé par une aspérité. Sans relâche, sans scénario possible. Mon histoire, et pourquoi je pense de telle manière plutôt que de telle autre, est un mystère dont la généalogie est impossible à décrire, tant de mots, de civilisations, de climats l'ont mélangée, perturbée en tous sens pour l'amener à ce qu'elle est : une singularité à temps court qui, considérée d'un autre point de vue que le mien, ressemble à toutes les autres.

Je vous aimais et vous me rendiez beau. A présent, je me regarde chaque matin et je vois mon visage s'enlaidir, vieillir, ressembler aux visages que l'alcool, la lassitude et les drogues détruisent.

Le ministre de la vitesse annonça les dernières catastrophes et sourit sur l'écran de télévision. Il annonça que ses pulsations cardiaques étaient de 80 et son taux de cholestérol normal. Il se leva et un homme plus jeune prit sa place. Il annonça aussitôt, je suis le nouveau ministre de la vitesse, mon cœur bat à 90 pulsations/minute et je suis à même, avec un tel rythme, de gérer la confusion, le multiple et l'imprévu. Etc...

20 juillet 92.

Vaclav Havel en jeans et blouson sur l'épaule dans les rues de Prague. Depuis hier, il n'est plus président. Un homme ordinaire marche dans les décombres d'un monde calciné.

Il n'y a que le long des quais de la Seine, à l'endroit des cinq places royales, aux abords du métro aérien et du canal de l'Ourcq que l'on peut vraiment voir, depuis la rue, le ciel de Paris. De grands pans de bleu avec l'œil qui se perd, sans le repère des toits et des cimes de monuments. Du ciel en dégradés de gris, de blancs, de marines, ou encore, lorsque la brume d'hiver diffuse entièrement la lumière du soleil, c'est un bleu acier, presque blanc avec quelques paillettes rose pâle qui le traversent et s'offrent aux regards. Ici, loin des déserts et des rivages, il n'y a que ces morceaux d'univers pour nous rappeler l'immensité et nous en émouvoir.

Chaque année, mettre à jour la liste des sentiments disponibles.

Je ne peux pas dire que le malheur m'assaille, que la maladie a envahi mon corps, que je suis las de vivre et qu'à l'instant même je veuille disparaître. Je ne suis que triste. Vous comprenez cela ? Triste, c'est-à-dire que je regarde la vie, perclus de rêves en court-circuit, harassé d'un amour commencé qui n'a pu attendre une saison de plus pour s'en aller voir la mer.

Le regard de Serge Daney. Les paroles de Serge Daney. Les cigarettes de Serge Daney. Le briquet de Serge Daney. La casquette de Serge Daney. La photo en Chine de Serge Daney. Le discours de Serge Daney. L'affection de Serge Daney. L'intelligence de Serge Daney. Le film de Serge Daney arrêté au début de l'été 92.

Lui : « Vous dites souvent au revoir. »

Et il la regarde partir vers une falaise du bord de la ville. Elle aperçoit les lumières du dessous et écoute ce qu'apporte le vent. Mais elle revient, car au revoir, c'est revenir. Alors, elle dit qu'elle ira mieux lorsqu'elle verra une image d'elle sur un écran de télévision qui lui ressemblera. Elle dit que ce devrait être une image de jeune fille, naïve, insouciante et meurtrie. Elle ne dit pas innocente. Lui, il n'aime que cette femme et pourtant, rien dans son corps ne tressaille lorsqu'il la voit revenir. Il dit que c'est comme le vent qui vient encore une fois faire voler son âme à lui, son âme, un rideau qui tremble entre l'intérieur et l'extérieur.

Lui, il pense qu'il y aura des nuits avec elle. Elle, elle songe déjà aux jours sans lui. Lui, il croit que tout avance vers un gouffre, elle se dit que c'est peut-être ça la vie, des bras pour serrer et un lieu pour se laisser mourir. Ils ne pensent pas aux mêmes choses et prononcent presque les mêmes mots. Elle dit maison, mains, la pluie, le prochain été. Il dit ici, bras, l'orage et la mer en hiver.

Un jour, elle demande s'il faut savoir mourir avant de vivre. Etre capable de renoncer et d'abolir. Il ne répond rien car il ne sait pas ce que c'est que regarder les nuages sans imaginer la pluie. Il voit les choses et leur donne une fonction et un nom. Elle, elle voit les choses et les emporte dans son ventre. Elle sait enfermer et s'en aller, alors il dit encore, vous dites souvent au revoir. Parce qu'elle ne connaît que les instants, les allers et les retours, le mouvement. Lui, il dit qu'il voyage, mais à peine a-t-il prononcé Valparaiso ou cercle polaire qu'il est déjà revenu.

Ils disent souvent, la vie. Pas notre vie. La vie. C'est ce qu'ils partagent à égalité. Ce qui les différencie, c'est une manière de respirer. Lui, il semble oublier cela, respirer, et le fait par à-coups, au dernier moment. Elle, elle aspire pleinement l'air avec régularité, comme si un métronome commandait ses poumons. Elle respire au rythme du slow, lui, à celui du tango.

Ils savent depuis qu'ils se sont rencontrés que c'est tout ce qui peut se toucher et s'entendre qu'ils vont avoir à échanger. Pourtant, ils savent aussi que c'est tout ce qu'il y a d'invisible qui sera l'essentiel. C'est pour cela qu'elle dit souvent au revoir, pour que des traînées de rêves les tourmentent lorsqu'ils sont séparés et qu'enfin ils s'imaginent et se légendent.

Commémorations, bicentenaires, anniversaires de naissances, anniversaires de morts, le passé envahit le présent de héros aux ombres impressionnantes. Nos imaginations ligotées, il ne nous reste plus qu'à nous prosterner devant des auteurs, génies ou révolutionnaires qui ont eu ce talent de naître et de mourir.

à B.K.

On dit : « Il en fait trop ! »
Mais on meurt souvent d'en faire si peu...

Vous savez, à cette époque le temps se déréglait. Des inondations anormales et soudaines envahissaient tout. Des inondations qui emportaient les ponts, des caravanes et des chênes centenaires, alors que quelques semaines plus tôt des syndicats paysans avaient évoqué une sécheresse exceptionnelle. Des pluies et des sécheresses, c'était le temps de cette époque, des extrêmes, et la vie qui ne valait presque rien.

J'essaie de te donner des choses que je ne trouve pas en moi et que tu fais semblant d'accepter puisque ce ne sont pas celles que tu désires.

Une lettre d'inconnue signée de son seul prénom, *Célia*.

« J'aurais voulu être métisse pour que chaque coin de ma peau soit à la mémoire d'un peuple. »

De la buée sur un miroir.

Je suis vivant, c'est ça le plus étonnant.

En lisant une biographie de Mahler, je me représente tous ces gens qui ont joué un rôle non négligeable à Vienne, Berlin, New York, autour de Gustav et j'ai des frissons, un vertige en évoquant leur absence. Tant de cadavres pour me permettre de jouir de mon existence... Pourtant un geste sur une détente de revolver et le coucher de soleil sur l'Atlantique, Van Gogh et la serveuse du café des Entrepreneurs, out, balayés par l'action minuscule d'un index. Mais stop ! promesse filiale etc...

Musique dans l'appartement, le ciel atomisé de nuages, j'apprends que la femme d'Einstein serait co-auteur de la relativité. La communauté scientifique perplexe... Une femme, relativité générale et restreinte... Alors, on ajoute prestement qu'elle avait mauvais caractère, était une mégère et une sale ménagère. Ouf, les mâles sont sauvés ! A-t-on lu une seule fois qu'Albert, le mari, ne reboutonnait jamais sa braguette en sortant des toilettes ?

Je rêve. Je suis à Venise en hiver et Pascale marche à mes côtés. Elle achète chez un relieur des cahiers au papier rare. Puis elle lit à haute voix, au café Florian, des extraits de *Venises* de Paul Morand.

Je rêve encore. A New York, un dinosaure traverse l'Avenue des Amériques et, de sa queue, balaie une dizaine de yellow cabs qui stationnent devant un hôtel.

Dernier rêve. Lech Walesa trompe sa femme avec une actrice anglaise à la poitrine extra dans une suite de l'hôtel George-V, juste avant de déclarer à la presse internationale que l'Allemagne doit être rayée de la carte si la frontière Oder-Neisse n'est pas respectée.

La neige est tombée ce matin et a fondu aussitôt.

De la buée s'est formée sur la vitre lorsque je me suis approché pour regarder la neige tomber. Ma mère qui est infirmière me l'a dit plusieurs fois... « C'est à cela qu'on reconnaît les vivants : la buée sur un miroir. »

— Alors, c'est comment ?

— Au début, c'est le silence qui est insupportable.

— J'aurais cru le contraire...

— On croit toujours le contraire. C'est pour ça qu'un jour il y a la guerre.

Sans doute parce qu'il n'y a jamais eu autant d'hommes sur terre, les morts sont devenues plus nombreuses. Plus inventives aussi. Un tremblement de terre est à peine terminé qu'à l'autre bout du monde les laves d'un volcan foncent sur une bourgade, puis un Boeing fauche deux immeubles remplis d'immigrés. Sans parler du Sida, de la faim et de la tristesse. Car aussi, les gens meurent de tristesse, les yeux absents, connectés à des réseaux qui, tous, tiennent un langage identique... Pour consoler. Pourtant on n'a pas oublié que l'on ne se console bien que de personne à personne, avec seulement deux visages et deux voix, pour parer au plus pressé. L'apaisement de l'invisible.

Je dis à Houda qu'il fallait s'habituer à vivre ainsi. Avec les accidents. Elle dit que la vie, ce devait être le désert et parfois les arbres avec de l'eau. Je lui dis encore qu'il n'y avait plus que des terrains mouvants, des immeubles de verre et des tremblements. Elle demanda : tremblements de terre ? Je dis non, tremblements. Tout tremble, les corps, les villes, la voix. Houda dit que lorsque tout tremblait il fallait se sangler, se serrer au dernier cran à des arches romaines, aux pierres des cathédrales qui ont résisté à tout, au temps et aux bombardements. Je dis non, inutile, lorsque tout tremble, l'ancien et le moderne, il faut au contraire retirer les cordes et les attaches, s'alléger de tous les rêves et parvenir à ce que le corps ne soit plus qu'un regard ou une ombre, le souvenir d'une pesanteur.

Nakagami Kenji, exilé de l'intérieur.

12 août 92. Sifflement caractéristique du fax. Je lis la feuille de papier au fur et à mesure de son déroulement... « *Bad news from Tokyo. Nakagami Kenji is dead this morning at 7 am.* »

C'était mon ami, un écrivain *différent*, qui m'entraînait dans les bars et les boîtes à karaokés, qui me serrait dans ses bras quand je le rencontrais à Paris ou chez lui à Shingu au bord de la mer du Japon. Et il y avait plus de vocabulaire, plus de couleurs, plus de nuances dans nos regards et nos sourires que dans l'anglais que nous utilisions pour parler des péripéties quotidiennes.

Peu à peu s'apaise la morsure. Toi, tu dis fêlure.

Peu à peu s'estompent les visages. Toi, tu dis mirages.

Peu à peu s'apaise le souvenir. Toi, tu dis mourir.

Elle demanda : « Un mot d'amour s'il te plaît. Dis-moi à cet instant un mot d'amour. » Il dit : « Je tiens à toi. » « Moi je tiens à cette montre que m'a offerte mon père, je tiens à un mouchoir qu'a brodé à mes initiales ma grand-mère avant de mourir », dit-elle. Il tourna la tête et lui serra la main. Une échappatoire, pensa-t-elle, une de plus. Pourquoi les hommes ne prononcent-ils pas les mots que l'on veut entendre ? Ont-ils peur du temps qui semble assigné à ces mots ? Est-ce que je pense le temps comme lui ? se demanda-t-elle encore et conclut ainsi sa pensée : nos horloges internes ne sont pas identiques. Amusée par l'enchaînement secret de ses pensées, elle dit soudain : « Tu as l'heure ? » Il regarda tranquillement sa montre : « Six heures dix. » « A six heures neuf, tu aurais dû me dire que tu m'aimais. Souviens-toi de ça mon vieux ! »

Elle s'élança vers l'escalier du métro et disparut.

Visages ordinaires.

Slobodan Milosevic est replet. Un VRP comme on en croise le soir au grill des hôtels d'autoroute. Bien mis, l'œil vif, propre sur lui, il reste aussi banal et énigmatique qu'un inconnu qui boirait, appuyé au bar, une bière d'importation et qui imaginerait sa femme en train de le tromper avec un commerçant du quartier.

Racines et sous-sols.

Alors que chacun avait traversé l'Atlantique cinq siècles auparavant aux côtés de Colomb le Génois, était allé au Japon avec saint François Xavier, avait découvert le passage du Nord-Ouest, le détroit de Magellan, avait sué sang et eau dans la Vallée de la Mort, curieusement, chacun était revenu sur soi, le nez au ras de son lopin et y avait lové son désert, son Pacifique, son Amazonie, ses Indiens et son cap de Bonne-Espérance. La *terra incognita* était bel et bien là, autour des immeubles, des maisons de campagne et des banlieues bâties à la hâte autour d'un commissariat. Les premiers hommes de l'univers s'étaient redressés, fascinés par la beauté du ciel. Les suivants avaient marché et vogué à la surface du monde pour en découvrir chaque recoin. Aujourd'hui leurs descendants partaient à la conquête des sous-sols. Le temps des racines était arrivé avec cette silhouette d'homme, immobile, qui s'enfonce dans la terre — ombre d'une fin de siècle — tête recourbée, inquiet de généalogie et de géologie, repu d'espace et d'immensité.

Précaution.

Je me brosse les mains chaque soir de peur que la mort ne me surprenne le deuil aux ongles.

Regardez, je pérore et parle de moi. Je me colore et anéantis aussitôt les couleurs. Vous pourriez penser à une réaction chimique ou au prisme qui diffracte la lumière blanche, tant je ne parviens pas à compter combien je suis. Je loue, j'exécute, je dis vrai, j'invente... Je ne sais faire que cela, prendre une pose puis une autre, et vous qui me mitraillez de vos flashes... Pourtant, lorsque vous aurez appuyé sur votre appareil, l'instantané ne sera qu'un fragment de réalité provisoire, un millième de seconde plus tard, tout sera différent.

Des visages remplissent ma mémoire, des paysages de déserts, des contrariétés... Comment traverser ses souvenirs pour rendre compte d'une frénésie d'aujourd'hui ou de la mélancolie qui l'a précédée. Noter le jour, l'heure, devenir l'agent secret de sa propre vie, dire qu'aujourd'hui 25 septembre, j'ai lu que Ryoji Takashami apprenait à voler aux grues blanches du Japon / que j'étais séronégatif / qu'à 15 h 52 mon cœur s'est mis à battre en voyant passer sous mes fenêtres une jeune fille qui ne m'a jamais adressé la parole et dont le silence, justement, et la démarche me rendent mélancolique / que le ciel vient de se voiler / que l'enfant de Pascale a déjà quatre ans...

Mais on ne peut passer son temps à mémoriser du deuil, à tenter d'extraire de l'oubli les millions de sensations qui vous frôlent et infestent le monde de souvenirs inutiles. Tout foisonne et se répand en abondance, les images, les sons... Chacun livre ses secrets à la télévision et une femme raconte devant quatre millions d'inconnus l'impuissance de son mari... « Il peine, il sue, il pleure. Moi, je ne lui en veux pas... Je voudrais seulement qu'il accepte et ne lutte pas contre l'inutile... »

Dans ce vacarme, écouter le glissement d'une plume sur une feuille de papier, le claquement à peine perceptible d'un clavier d'ordinateur et penser à la luxuriance des mots, à cet agencement mystérieux qui provisoirement réordonne le désordre pour aussitôt en ajouter un peu plus.

Penser à une femme que l'on aimait il n'y a pas si longtemps. L'imaginer blessée, comme vous, à cet instant de la nuit. Déchirures obscures de la même seconde, d'un même instant, douleur qui traverse les années-lumière, ultime et dérisoire connexion des amants disloqués : ressentir pour la première fois la même chose au même instant.

Les mouches ferment la bouche de l'enfant noir. Ses yeux ouverts regardent l'ombre du vent. Et le ciel déjà absent...

Corps amaigris, un camp, corps déportés. Des hommes.

Ailleurs, dans une autre ville, au travers de la vitre de l'autocar, le jeune garçon regarde une femme qui pleure, sa mère. Sait-il qu'il part vers un pays dont il ne comprend pas la langue et que ce visage le réveillera la nuit — un cauchemar —, le visage absent de la seule femme au monde qui ne peut le trahir.

C'est au bord du vide que les mots parviennent à se sonoriser. Les gorges nouées d'effroi ne savent s'il faut établir le flux qui va de l'intérieur vers l'extérieur des corps. Et à l'instant où un mot se prononce, c'est le pari de déchirer un voile d'ombre pour le jeter au feu de la lumière, à son jeu, au risque qu'il se laisse enrober pour disparaître dans une excessive clameur.

Loin de tout, loin de vous, votre visage. Il surgit chaque nuit. Je survis chaque jour. Est-ce cela aimer ? Transporter une femme dans son corps et supporter qu'elle fasse crisser ses ongles sur vos rétines, là où les images du monde se renversent.

Bien sûr que tout ça continue, le cirque du désir et de l'ailleurs. Humer les nuques des jeunes filles, attendre que se relèvent les regards baissés des passantes, sans nostalgie pour un amour passé, dépassé. Lire le roman d'un corps nouveau, syntaxe inédite, feuilleton imparfait des sourires, cet éternel *on dit* que l'on serre dans ses bras en croyant apprivoiser le temps.

Achevé d'imprimer en mars 1993
sur les presses
de l'imprimerie Bussière
à Saint-Amand-Montrond (Cher)
pour le compte des éditions Grasset
61, rue des Saints-Pères, 75006 Paris

N° d'Édition : 9114. N° d'impression : 603.
Dépôt légal : mars 1993.

Imprimé en France

ISBN 2-246-47621-6